L'inaccompli

Nouvelles

Paule Mahyer

Il était bleu le ciel et grand l'espoir

L'espoir a fui, vaincu, vers le ciel noir

Paul Verlaine

SOMMAIRE

Avant-propos	7
La Dame d'en face	9
L'Inconnu du cimetière	23
Le cabanon	33
Rien dans la boîte…	41
Osez Joséphine	49
Une vie si ordinaire…	57
Les deux tourtereaux	67
Le muscat du dimanche	77
Objets inanimés…	87
L'inaccompli	95
Postface	107

AVANT-PROPOS

Les personnages de ces nouvelles s'inspirent de ceux que l'auteure a pu observer au cours de sa jeunesse passée dans une petite ville de l'est de la France et plus tard dans son entourage familial ou social.

Leurs visages s'estompent dans le miroir déformant de la mémoire. Il serait vain de chercher à les identifier !

****

La Dame d'en face

J'appartiens à la génération dite « d'après-guerre ». Je fus élevé par mes grands-parents dans ma petite enfance. Mon père voyageait pour ses affaires, ma mère était « partie » quand j'étais tout petit. Cette explication à son absence : « elle est partie » sous-entendait un jugement défavorable ; je comprenais qu'il ne fallait pas aller plus avant dans mon questionnement ; il y avait un silence, un voile pudique sur ce qui était sans doute un secret de famille. Dans ces années-là, on ne discutait pas avec un enfant des affaires de « grandes personnes ». Du reste, je n'avais aucun souvenir d'elle et j'ignorais s'il y avait eu mariage ou divorce à la suite de ma naissance. En tout cas, mon père avait « refait sa vie », s'était marié avec une veuve et installé dans une nouvelle région. Il ne m'avait fait venir auprès de lui qu'au moment de mes études au lycée pour que je bénéficie d'un meilleur cadre scolaire que celui de la petite ville où résidaient mes grands-parents.

L'activité principale de celle-ci reposait sur les usines : l'une pour du gros matériel de transport, l'autre pour le textile. Les hommes travaillaient dans la première, les femmes dans la seconde. Chaque catégorie rêvait pour ses enfants d'un degré plus élevé dans la société que celui d'ouvrier ou de modeste employé. Ainsi, mes grands-parents, respectivement, fils d'ouvrier et fille d'un cordonnier italien immigré, avaient permis à leur fils unique (cela changeait des familles nombreuses dont ils étaient issus) de faire de brillantes études de commerce qui l'avaient conduit à un poste à responsabilité

La Dame d'en face

dans une grande entreprise. La ville elle-même était divisée en deux parties non miscibles : le quartier des notables (médecins, professions libérales...) et le quartier populaire des usines. Le seul pont entre les deux était les études au lycée ; certes ceux qui venaient du faubourg populaire étaient regardés de haut par les enfants de notables mais la réussite leur ouvrait les portes de carrières tout aussi prestigieuses. Ce fut le cas de mon père qui profita de l'opportunité de ses postes pour s'éloigner de la région et de son petit univers étriqué. En revanche, mes grands-parents n'avaient pas quitté la ville à la retraite ni même leur quartier dont ils assumaient le côté prolétaire et faisaient passer leur attachement aux souvenirs personnels avant toute considération de « façade », comme ils disaient.

Lycéen, je vivais donc chez mon père et sa nouvelle famille durant l'année scolaire et retournais chez mes grands-parents au moment des vacances .Mon père était toujours très occupé et ne me témoignait guère d'attention, à part pour s'informer de mes résultats scolaires qu'il souhaitait toujours d'un haut niveau ; sa femme, ma belle-mère, était douce et gentille mais elle avait elle-même une fille un peu plus jeune que moi pour laquelle elle avait, comme c'était naturel, des sentiments vraiment maternels et une complicité de « filles » dont je me sentais exclu. J'étais jaloux de ces gestes affectueux, de ces regards compréhensifs, de mille petites attentions muettes qui les liaient. Parfois, je feignais la maladie pour être câliné à mon tour mais elle n'était pas dupe et avait des préjugés sur la virilité : « un grand garçon comme toi ! » Je me réfugiais dans la honte et le mutisme plein de rancœur et de jalousie. J'avais pris mon parti d'être seulement « chouchouté » par mes grands-parents mais au fur et à mesure que je grandissais je les voyais plus rarement.

Durant l'année, des séjours linguistiques étaient organisés par le lycée ; pour les vacances, je les partageais entre la famille de ma demi-sœur où je me sentais étranger, et des retours chez mes grands-parents chez lesquels mon père m'accompagnait rarement et ne témoignait pas d'affection vis-à-vis d'eux par tempérament personnel et parce qu'il les associait à la petite ville qu'il avait voulu fuir. De plus, il se montrait toujours indifférent à mon égard, comme il l'était le reste de l'année dans notre résidence familiale.

J'avais donc hâte de retrouver mes grands-parents et cherchais auprès d'eux ce qu'une mère aurait pu me procurer. Mais en grandissant, ces câlins dont j'étais tellement privé se faisaient rares. Ma grand-mère elle-même pourtant assez démonstrative, renonça à ces gestes affectueux dont se moquait mon grand-père en les traitant d'enfantillages. Ils les remplacèrent par des encouragements, cadeaux, étrennes pour récompenser ma réussite scolaire qu'ils jugeaient seule capable de me faire monter dans l'échelle sociale et échapper au milieu modeste d'où ils étaient issus et dont ils avaient vaguement honte. Mais moi, je ressentais un besoin physique de gestes d'affection et toutes leurs gentilles attentions me laissaient sur ma faim. En fait, j'avais un désir plus criant chaque jour d'une étreinte maternelle. Je rêvais d'être serré dans ses bras, consolé par elle de petites déceptions scolaires ou sentimentales. L'occasion de donner corps à mes rêves se présenta lors d'un nouveau séjour chez eux.

En face de leur domicile, au premier étage, j'avais remarqué une jeune femme qui fumait à sa fenêtre. De l'appartement parvenait un brouhaha de voix, de rires, de disputes parfois car c'était un « repaire » de joueurs de cartes, comme me l'apprirent mes grands-parents ce qui sous-entendait un milieu peu convenable. En conséquence, je ne devais pas chercher à le fréquenter. La rue était comme une frontière ; il y avait le trottoir noble bordant des immeubles bien tenus quoique modestes et le trottoir d'en face qui délimitait le périmètre de l'habitat réservé aux couches plus populaires. Bref, il y avait les gens fréquentables et ceux qui ne l'étaient pas ! La dame d'en face appartenait à cette catégorie.

N'importe, cette femme me fascinait peut-être justement parce qu'elle représentait l'attrait de la transgression par rapport au milieu gourmé auquel j'appartenais. Je me posais des tas de questions sur sa vie : avait-elle des enfants, un mari ? Je m'enhardis à le demander à ma grand-mère qui répondit par un : « Pff…Tu vois bien que non…elle est serveuse dans un café ».

Avec quel mépris elle avait dit cela ! Moi, je continuais à rêver. Comme j'aurais voulu avoir une mère qui lui ressemblât : jeune, gaie, aguichante ! J'avais vers elle un attrait irrésistible, à tel point que je guettais une occasion de l'aborder, quitte à la provoquer. Un jour, elle était allée faire des courses et fit tomber un paquet de son cabas ; je me précipitai pour le lui ramasser. Elle me qualifia d'un « merci, *mon* garçon » qui me fit fantasmer. Troublé, je balbutiai : « c'est avec plaisir, ma...dame ; j'avais failli dire *maman*).

Cet été-là, je guettais ses sorties et m'arrangeais pour me trouver chaque fois sur son chemin. Je finis par lui dire « Bonjour ». Elle me répondait en souriant avec une sorte d'indulgence pour ce grand-garçon un peu benêt.

Les années passèrent...

Mes études supérieures m'entraînèrent loin de ma famille. Je revenais rarement voir mes grands-parents qui vieillissaient. Autant mon grand-père était taiseux, autant ma grand-mère aimait bavarder. Elle profitait de ma présence pour laisser libre cours à une parole constamment asséchée par les remarques désobligeantes de son époux : « Quel moulin à parole ! Tu parles pour ne rien dire ! Tu ne peux pas te taire quand j'écoute les informations ? ».

J'avais remarqué que tous les volets de la maison d'en face étaient fermés. Je l'interrogeai sur les habitants du quartier. Ma grand-mère me dit qu'il y avait un projet immobilier de réhabilitation des immeubles vétustes comme celui-ci. Je m'enhardis à demander

La Dame d'en face

ce qu'étaient devenus les habitants ; je pensais bien entendu exclusivement à l'une d'entre eux. Ma grand-mère répondit qu'ils avaient été relogés pour la plupart dans des HLM à la périphérie de la ville à part quelques-uns qui étaient restés au centre pour leur travail ou recueillis dans leur famille car trop vieux pour s'éloigner. Une question me brûlait les lèvres :

« Et la dame d'en face, au premier étage ? ». Ma grand-mère qui avait envie de causer ne blâma pas l'étrange curiosité qui m'assaillait. Au contraire, elle saisit l'occasion pour déverser son mépris pour ces personnes qui n'étaient pas « comme il faut » selon ses critères « petits bourgeois » qu'elle appliquait depuis qu'elle-même s'était un peu élevée dans la société et que ses descendants continuaient à gravir les marches de l'échelle sociale. Avec un ton méprisant et digne, elle répondit : « Oh ! Elle n'a pas eu de mal à se recaser *celle-là*, elle a suivi son dernier amant et ils ont ouvert un bar ». Poussée par une sorte de rancœur, elle ajouta : « elle faisait tourner la tête à tous les hommes ».

Un éclair me traversa : mon père avait passé sa jeunesse en face, chez ses parents ; se pourrait-il qu'il eût été l'un de ses amants ? Ils étaient à peu près du même âge. Une question me torturait: « Et si cette femme était ma mère ? ». Cela expliquerait cet élan qui me poussait vers elle. Les conventions sociales de l'époque ne permettaient pas un mariage entre des classes aussi différentes. Je serais donc un bâtard bien caché dans une famille respectable et ma mère une dévergondée ? Mais elle, n'avait-elle rien ressenti ? « Elle est partie ». Cette phrase me parut tout à coup scandaleuse. L'état d'esprit de l'époque pouvait-il expliquer une telle amnésie du cœur, un déni d'amour maternel ? Comment accepter ce rejet qui avait fait de moi un demi-orphelin élevé sans affection par un père indifférent et une belle-mère qui privilégiait son propre enfant, ce qui était normal, mais me privait à jamais de tout amour maternel ! J'étouffais de rancœur rétrospective ! Non, ce n'était pas possible, je devais chasser cette idée.

Pourtant, la figure maternelle continuait à me hanter. Tantôt, j'imaginais une sorte de Cosette, victime de la société, obligée de cacher sa faute, tantôt, je la voyais comme une écervelée trop jeune pour prendre conscience de ses responsabilités et soulagée qu'on la débarrassât de cet enfant qu'elle n'avait pas prévu en l'accueillant dans une famille convenable. Cette hypothèse la réhabilitait à mes yeux. D'autres fois, j'étais submergé par la haine. C'était impossible qu'un élan ne l'ait pas poussée vers moi comme moi vers elle. Les animaux eux-mêmes sont capables de ces sortes d'attirance !

Mais pourquoi imaginer qu'elle était ma mère ? N'était-ce pas dû à l'imagination débordante d'un enfant frustré d'affection ? « Allons, réveille-toi », me morigénais-je.

Si ce n'était pas ma mère, c'était une attirance condamnable aux yeux de ma famille bien-pensante car elle était trop âgée pour

La Dame d'en face

inspirer de l'amour à un jeune homme-selon les idées étroites de l'époque-et surtout issue d'un milieu peu reluisant. Et si c'était ma mère, ce désir pouvait ressembler à un inceste car je n'étais plus un enfant mais un homme comme me le ressassaient mes grands-parents. Je décidai donc de ne plus faire paraître mes émotions et pour cela j'évitai toute rencontre pour tenir à distance ce besoin impérieux d'une étreinte « physique ».

Je ne revins plus dans cette ville qu'à de rares occasions (anniversaires, célébrations..) pour garder le contact avec les plus âgés avant leur disparition. Mon grand-père était sourd et par cette infirmité devenu encore plus mutique qu'auparavant. Le moment était-il venu d'arracher des confidences à ma grand-mère sans s'attirer les sarcasmes de son époux ? .Certes, la conjoncture était favorable, cependant, il fallait être subtil car autant ma grand-mère était prolixe sur les transformations du quartier, autant elle était discrète sur tout ce qui touchait la vie privée des personnes. Cependant en empruntant des chemins détournés, je pouvais y arriver. Mes questions ne concernaient-elles pas l'évolution du cadre de vie ?

Je m'enhardis à lui demander si elle savait ce qu'étaient devenus les habitants qui avaient été contraints, il y avait plusieurs années, de quitter les immeubles vétustes d'en face, remplacés à présent par des résidences en copropriété. Elle répondit que malheureusement, les plus âgés n'arrivaient pas à s'adapter à ces grandes barres où on les avait relogés à la périphérie. Elles étaient desservies par des ascenseurs souvent en panne et une jeunesse désœuvrée y faisait la loi : musiques bruyantes, trafics de drogue dans les entrées, moqueries pour les anciens et insultes en cas de réprimande...De plus ils étaient tributaires de moyens de transport pour aller en ville, à horaires peu commodes ! Il était exclu qu'ils regagnent leur ancien quartier car les loyers étaient trop élevés pour leur bourse. La génération intermédiaire avait tenté de refaire sa vie, le plus difficile étant de retrouver du travail. Habitués naguère à travailler en usine, ils vivaient mal une reconversion vers d'autres métiers pour lesquels ils devaient acquérir une nouvelle qualification. Tous n'y étaient pas parvenus et étaient au chômage.

« Et la dame d'en face, son bar marche-t-il toujours ? osais-je questionner.

- Les bars de quartier ne font plus recette et pour elle aussi l'heure de la retraite a sonné. Que veux-tu, elle a vieilli comme tout le monde ! », plaisanta ma grand-mère, ajoutant qu'on ne la voyait plus dans le quartier ; elle avait dû se retirer dans le midi. .

Ces révélations me troublèrent. D'un côté, je ne pouvais imaginer qu'elle fut devenue vieille. Je la voyais toujours sous les traits de la jeune femme séduisante que j'avais connue. D'un autre côté, j'étais soulagé de penser qu'elle avait quitté la région et que je ne risquais plus de la rencontrer vieillie ce qui aurait gâté l'image que je conservais d'elle et qui resterait gravée à jamais dans son éclatante jeunesse !

Avec l'âge, ma grand-mère était devenue plus indulgente et son jugement sur les mœurs plus tempéré. À ma grande surprise, elle continua à parler de « cette personne ».

« Mon petit, (J'étais bizarrement redevenu le petit enfant d'autrefois) il faut que je te dise un secret qui te concerne. Cette femme attirait tous les hommes car elle était très jolie ; ce n'était pas une prostituée, elle ne faisait pas payer ses charmes. C'était ce qu'on pourrait appeler une femme « facile » qui ne cherchait pas à fuir ses admirateurs masculins.

Ton père la fréquenta un moment. Apparemment, elle eut avec lui des liens plus solides qu'avec ses autres amants ; peut-être même espérait-elle se marier avec lui mais c'était impensable vu la différence de milieu et la réputation qu'elle trainait avec elle. En tout cas, ils eurent un enfant ensemble ; cet enfant, c'est toi. Nous avons choisi de t'élever dans notre famille comme notre petit-fils, sans jamais faire allusion à ta mère biologique à condition qu'elle-même ne se manifeste pas. Celle-ci n'avait guère d'autre possibilité que d'accepter car elle était sans ressources et incapable d'assumer la charge d'un enfant ; elle ne pouvait pas non plus compter sur sa famille qui vivait dans des conditions encore plus précaires. Quant aux sentiments maternels, elle était elle-même très jeune, presque une enfant et la perspective de te laisser dans une vraie famille suffisait à la rassurer et à lui enlever tout scrupule. Elle n'a pas eu le temps de s'attacher à toi, conclut avec indulgence ma grand-mère.

Cette dernière remarque me conforta dans l'idée que ma mère était une victime de la société ; je ne lui en voulus plus d'avoir fait de moi un demi-orphelin et je conçus à son égard la plus grande compréhension : elle n'avait pas forcément été dépourvue de sentiments, mais soulagée de pouvoir cacher ce qu'on appelait à l'époque sa « faute » sous le voile de la respectabilité que lui offrait notre famille. Et puis, elle était si jeune, devait-on lui refuser la possibilité de prendre un nouveau départ dans la vie ?

Ainsi, *La dame d'en face*, c'était ma mère. Ma conviction intime ne m'avait pas trompé. Mais contrairement à ce que j'aurais pu faire des années auparavant, je ne cherchai pas à en retrouver la trace, préférant rester sur mes rêves.

Jamais ma petite maman, tu ne vieilliras ; tu seras pour toujours *La Dame d'en face* si séduisante à sa fenêtre, comme une Vierge de Raphaël dans son cadre doré. Oui, ton image restera à jamais auréolée d'une jeunesse éternelle, dans ma mémoire et dans mes rêves.

L'Inconnu du cimetière

Le décès de son père s'était produit au cœur de ce mois de juillet torride. Au cimetière, il n'y avait pas grand monde, car la chaleur était accablante et les vacances avaient vidé la ville. Ses anciens collègues passaient leur retraite dans des régions plus agréables que cette petite ville de l'est, ou simplement à la campagne où ils s'étaient retirés, délivrés des contraintes de leur vie à l'usine. Ils n'en sortaient que rarement et n'étaient sans doute pas prêts à troubler leur retraite en affrontant un événement qui leur faisait prendre conscience du destin qui les attendait eux aussi dans un avenir plus ou moins proche. Seuls quelques amis étaient venus étoffer la maigre assistance.

Un inconnu se tenait à l'écart : un homme d'une quarantaine d'années dont la présence l'intriguait car il n'était jamais apparu parmi les familiers de ses parents Il était peu probable qu'il fasse partie de la parenté du défunt. Celui-ci n'était pas originaire de la région. En effet, il était le seul de sa famille à s'être fixé dans l'est de la France à la suite de la guerre. C'était là qu'il avait connu sa future épouse quand son régiment avait été hébergé dans les familles du secteur. Les siens vivaient dans le midi où il avait encore une sœur très âgée et un frère plus jeune. Des brouilles avaient créé deux clans :ceux du sud et ceux du nord et sa femme, élevée dans la rigueur septentrionale détestait cette mentalité méridionale qu'elle accusait de paresse et de manque de combativité ,les accusant de recourir à l'assistanat de leurs proches pour se sortir des problèmes d'argent ou de travail : « Ton frère ferait bien de chercher un emploi stable au lieu de ses petits boulots saisonniers qui l'amènent à quémander une aide financière ou matérielle »,disait-elle avec mépris, empêchant son époux de répondre à ces sollicitations .Enfin l'éloignement géographique ainsi que la progression de l'âge .servaient aussi de prétexte à ne pas se déplacer. Les faire-part et condoléances devaient suffire. Vraisemblablement, ni sa sœur, ni son frère n'avaient dû faire le voyage. Auraient-ils délégué un de leurs enfants ? Cet homme d'une quarantaine d'années qui se tenait à l'écart et paraissait peiné ne pouvait-il être l'un de ses neveux ? Cela lui paraissait peu probable car « les ponts étaient coupés » depuis longtemps et on ne devait sans doute jamais parler de leur oncle à la jeune génération. Alors qui était-ce ?

Elle aurait peut-être dû interroger sa mère mais le moment était peu propice car celle-ci semblait effondrée. Regrettait-elle vraiment le défunt ou était-ce seulement par souci des convenances ?

En effet, leur union n'avait pas été heureuse et l'ombre de la jalousie y avait toujours plané. Son père passait pour un séducteur et sa mère ne supportait aucune incartade en vertu des grands principes dans lesquels sa famille l'avait élevée. Beaucoup plaisantaient le « beau Jacques » sur son pouvoir de séduction et, en tant que fille admirative de son père, elle pensait que c'était plutôt flatteur et que les réactions de sa mère étaient disproportionnées. Elle soutenait donc son père dans leurs disputes. Pour sa fille, il représentait l'idéal masculin car ses qualités ne se résumaient pas à son physique. Il savait tout faire : réparer un appareil défectueux, repeindre, tapisser l'appartement...Sa force rassurait quand ils sortaient le soir et devaient traverser des quartiers mal famés : avec sa stature et son courage, pas de risque d'être attaqués ! Il avait joué aussi pour sa fille un rôle d'initiateur. Elle lui devait entre autres l'initiation à la cigarette. En dépit des dangers de ce produit – encore qu'à cette époque, on n'était pas conscient comme aujourd'hui de sa nocivité – cela représentait pour la jeune fille qu'elle était une sorte d'émancipation, un adoubement pour être admise au monde des adultes. Elle échappait ainsi au carcan tissé par sa mère autour des nombreux interdits dont on doit préserver une jeune fille de bonne famille. Une sorte de complicité s'était établie ainsi entre son père et elle.

Il n'en était pas de même avec sa mère, car celle-ci n'avait même pas joué son rôle d'initiatrice aux mystères du corps féminin quand elle avait eu ses premières règles et qu'il fut convenu tacitement de ne jamais aborder ce sujet, en particulier devant son père et a fortiori en présence de toute personne étrangère au cercle étroit de la société féminine (mère, grand-mère). Les seuls conseils, donnés à mi-voix, étaient des préventions : « maintenant que tu deviens une femme, fais attention à la fréquentation des garçons, ne leur permets aucune familiarité ». Ainsi prévenue des malheurs qui l'attendaient si elle s'engageait dans le moindre flirt – grossesses non désirées, mariage hâtif pour « régulariser », interruption des études... –, elle considéra longtemps qu'avoir un enfant avant d'avoir une situation i était le pire malheur qui puisse arriver ; car ses études étaient le seul moyen d'accéder à l'indépendance et d'échapper à l'étouffement de sa famille. Elle ne cédait pas à la coquetterie insouciante des jeunes filles de son âge, se méfiant de l'attrait d'un physique qui pouvait créer contre sa volonté des désirs coupables, et se retranchait dans une solitude qui la coupa des jeunes de sa génération.

Cependant, un jour, tout s'inversa. Les retours de son père à la maison se faisaient plus tardifs, les voyages « professionnels » plus fréquents, les disputes étaient remplacées par un lourd silence. Ses parents étaient devenus des étrangers l'un pour l'autre. En interceptant une conversation entre sa mère et sa grand-mère à propos des absences de son père : « méfie-toi, ma fille, il y a anguille sous roche... » elle comprit que son père trompait sa mère et que ces voyages n'étaient qu'un alibi. Ce n'était pas de petites incartades sans conséquence. Son père menait une double vie. Dans un premier temps, adolescente, encore sous l'emprise de l'admiration pour son père, elle l'excusa, attribuant au caractère inflexible de sa mère et à ses principes austères, un besoin d'évasion comblé par une liaison. Elle imaginait dans cette rivale une femme coquette, enjouée, tolérante ; bref, tout le contraire de sa mère ! Donc son père avait à ses yeux des circonstances atténuantes !

Mais, en grandissant et en devenant femme à son tour, des aspirations féministes lui firent prendre le parti de sa mère. Elles se parlaient à présent en adultes, et elle lui reprocha un jour de ne pas avoir mis fin par un divorce à leur mariage. La mère se retrancha d'abord derrière les raisons économiques : elle était « femme au foyer » comme beaucoup à l'époque et donc dépendante des ressources de son mari. S'ajoutaient aussi des considérations sur les convenances sociales de son milieu : cela ne se faisait pas ; par souci du « qu'en dira-t-on ». Avec gravité, elle enchaîna : « C'est pourquoi, j'ai toujours insisté pour que tu fasses des études qui te permettent d'être indépendante financièrement ».

Poursuivant ses confidences, elle dit du bout des lèvres : « Mais tu ne sais pas tout, dans les premières années de notre mariage, il eut une liaison sérieuse et... ils eurent un enfant ! »

Cette révélation lui fit l'effet d'une bombe. Elle resta muette puis eut la force de questionner : « Qui était cette femme, habitait-elle la même ville ? L'avait-on rencontrée ? Et cet enfant, était-ce une fille, un garçon ? »

Sa mère répondit que sa rivale s'était toujours montrée très discrète, n'avait jamais exigé quoi que ce soit et avait élevé seule cet enfant. Elle appartenait à un milieu très libéral, avait une bonne situation et les moyens d'assumer son statut de mère célibataire et de subvenir seule à leurs besoins. Il s'agissait d'un garçon, à peine plus jeune qu'elle, sa fille .Ce détail jeta encore un plus grand discrédit sur la conduite de son père, trompant sa jeune épouse qui venait de lui donner un enfant ! Elle ajouta qu'il n'y avait jamais eu de contact entre les deux « mères », aucune ne souhaitant un quelconque rapprochement. Cette dernière confidence provoqua des sentiments mélangés. En songeant à son passé d'enfant unique, elle regrettait de ne pas avoir eu un frère pour partager ses jeux, ses joies, ses chagrins... Elle aurait pu être aussi une grande sœur attentionnée, un guide pour un enfant plus jeune, et plus tard, une confidente. Mais l'époque n'était pas celle des familles recomposées et sa mère, de toute façon, n'aurait pas accepté cette situation. D'un autre côté, elle sentait naître des sentiments de frustration. Elle était jalouse de ce « bâtard » auquel son père avait aussi prodigué de l'amour paternel comme si, elle, l'enfant légitime, en avait été privée. Or, elle avait cru qu'elle était l'objet exclusif de l'affection paternelle!

De temps en temps, d'autres interrogations la tourmentaient. Elle aurait pu rencontrer ce garçon qui, à ce qu'elle savait, habitait la même ville, avoir un flirt avec lui, risquer l'inceste... Mais le bon sens la ramenait à la raison. Elle avait quitté sa ville natale au moment de ses études supérieures, puis mené une carrière loin de ses racines familiales.

Ce retour sur le passé l'amena à s'interroger à nouveau sur cet homme qui se tenait à l'écart. Une idée fulgurante la traversa :

Et si c'était LUI ?

L'Inconnu du cimetière

Après une brève cérémonie, le maigre cortège se dispersa sans plus de contacts entre les personnes présentes. Elle rejoignit sa mère, sans oser aborder ce mystérieux personnage.

Longtemps après, ce souvenir d'une occasion manquée la poursuivit. Avait-elle fantasmé ou cet homme était-il son frère ? Abandonnant à présent toute jalousie, elle aurait aimé échanger avec lui des souvenirs de leurs enfances vécues avec le même .père. Comment était-il avec lui ? Partageaient-ils des jeux de garçons ? Était-ce à lui qu'il avait fait ses premières confidences amoureuses ou demandé des conseils « d'homme à homme » ? Son père l'avait peut-être averti des dangers d'un mariage avec une femme élevée dans des principes trop rigides, dégradant la personne de son épouse légitime. Elle aurait voulu tout savoir de sa vie actuelle. Avait-il une compagne, des enfants ? Ce que n'avaient pas réussi leurs parents, pourrait peut-être être réalisé aujourd'hui : ils se présenteraient leurs familles, constitueraient une grande fratrie avec leurs enfants ...

Deux sentences contradictoires la hantaient :

« Il n'est jamais trop tard »

« Le temps perdu ne se rattrape pas ».

À laquelle souscrirait-elle un jour ?

Le cabanon

Le cabanon

Un cabanon au bord de la mer...C'était l'un des privilèges des « Pieds-noirs » aisés qui vivaient en Algérie avant l'indépendance, et un rêve inaccompli pour les familles pauvres comme celle de sa grand-mère paternelle. Celle-ci, veuve d'un simple fermier « tirait le diable par la queue » et faisait vivre ses trois enfants (deux garçons et une fille) grâce à un modeste emploi d'aide-soignante à l'hôpital. L'aîné des garçons - son père- s'engagea dans l'armée et ne lui fut bientôt plus à charge. Georgette, la fille, après l'expérience malheureuse d'un mariage avec un légionnaire qui ne tarda pas à l'abandonner après lui avoir donné un fils, resta auprès de sa mère, s'occupant de la ferme et des quelques animaux qu'elle possédait. Le plus jeune fils, qui n'avait pas encore de métier, était entièrement à sa charge. Ils étaient parfois invités par des relations de travail, nouées à l'hôpital, à partager un méchoui au bord de la mer... où se trouvait leur cabanon. La grand-mère ne désespérait pas d'en avoir un, elle aussi, un jour, grâce aux économies drastiques qu'elle faisait sur sa paye. C'était compter sans les événements qui les obligèrent à regagner la métropole « une main devant, une main derrière » selon l'expression couramment utilisée par les rapatriés. C'était manifestement le cas pour ces quatre personnes désargentées qui partirent au dernier moment sans rien pouvoir emporter de leurs misérables petits biens, à part les économies prudemment placées sur des livrets, et les papiers pour toucher la pension de veuve et d'aide-soignante. La grand-mère, en effet, était trop âgée pour continuer à

Le cabanon

travailler et, bien notée dans son hôpital, elle put toucher sa retraite en France augmentée de quelques gratifications.

La petite famille s'installa dans le Midi, auprès de cousins qui avaient déjà fait le choix du rapatriement. La grand-mère vivait maintenant avec sa fille Georgette et le jeune fils de celle-ci dans un appartement des quartiers populaires de la ville. Georgette avait trouvé un emploi d'agent de cuisine dans une institution religieuse où fut scolarisé son enfant jusqu'à ce qu'il soit en âge de trouver un métier. Le fils cadet de la grand-mère, sans formation professionnelle, trouva des emplois saisonniers dans la campagne des environs ; c'est là qu'il se fixa en épousant une fille de la région. Les rapports avec le fils aîné de la grand-mère s'étaient relâché car il vivait en France depuis la guerre de 39-45 et s'était marié dans une région plus septentrionale peu attirante pour ces « gens du sud ».

Pour ces rapatriés de condition modeste, souvent sans instruction et sans qualification professionnelle, il n'était pas question de s'installer luxueusement ; ils habitaient en HLM ou dans des maisons sans confort qu'ils avaient achetées à faible coût et qu'ils aménageaient par leurs propres moyens au fur et à mesure de la progression de leurs ressources. S'ils n'avaient pas d'instruction, en revanche c'étaient des « bricoleurs » remarquables !

Vivant dans le Midi, ils retrouvaient les mêmes habitudes de vie qu'en Algérie, et le mirage du cabanon au bord de la mer revint les

Le cabanon

hanter. Ce fut le cas de Georgette. Elle économisait, économisait sur sa modeste paye et « mettait de côté » la pension plus conséquente qu'elle touchait de son mariage éphémère avec le légionnaire, père de son fils.

Les années passèrent. La grand-mère décéda, Georgette devint grand-mère à son tour, car son fils s'était marié et avait des enfants, la retraite avait sonné pour elle et elle se dit que le moment était venu d'utiliser ses économies pour réaliser son vieux rêve de cabanon, et le laisser en héritage à ses descendants. Elle leur parla donc de son projet, et fut étonnée du manque d'enthousiasme de ceux-ci. Certes, les habitudes de vie avaient changé, et passer le week-end dans un cabanon n'était peut-être plus de leur goût ou bien – idée plus vraisemblable – ils préféraient avoir un héritage en espèces « sonnantes et trébuchantes » plutôt qu'un lieu de détente peu prisé par les plus jeunes qui préféraient la ville et ses discothèques. En fait, toutes ces raisons se mêlaient un peu.

Tous étaient touchés cependant par la nostalgie qui se dégageait des récits que faisait leur mère et grand-mère de ses souvenirs d'Algérie. Elle parlait du fameux cabanon comme si elle en avait possédé un personnellement. C'était un havre de convivialité, un lieu de ressourcement pour parler de ses racines, un écrin privilégié de réunion de toutes les classes d'âge et de sexe. Elle évoquait les souvenirs de « méchouis », les hommes s'affairant auprès du feu dès cinq heures du matin, les femmes dressant les tables, mettant les

Le cabanon

couverts, les odeurs alléchantes de la viande grillée qui se dégageaient peu à peu, les conversations à l'apéritif : foot pour les hommes, papotages pour les femmes, cris et jeux tournoyants des enfants... Puis c'était le moment sacré du repas où on se concentrait sur le plaisir de la dégustation. Les conversations reprenaient peu à peu après l'assoupissement de la sieste, que ne troublaient même pas les jeux bruyants des infatigables enfants. Voilà tout ce dont rêvait la bonne grand-mère.

La famille, attendrie, chercha un moyen de lui faire revivre ces moments enchanteurs et lui proposa de fêter ses quatre-vingts ans dans un cabanon qu'ils loueraient pour cette occasion.

« Pourquoi ne pas en acheter un ? J'ai de quoi » insistait-elle, avec la fierté des gens pauvres devenus plus aisés à force d'économies.

« Il vaut mieux garder ton argent, en profiter de ton vivant et nous laisser le reste en héritage » lui répondirent ses proches.

Elle parut convaincue et se berça de l'illusion que ses descendants réaliseraient son rêve après sa mort en devenant propriétaires d'un cabanon grâce à son héritage. En attendant, le jour de la fête fut fixé. Malgré sa gêne à se déplacer, elle supporta bravement l'inconfort de l'installation. Ce fut une journée inoubliable : la famille réunie autour d'un repas festif, le bord de mer avec les bateaux au loin, les jeux des enfants sur la plage pendant

Le cabanon

que les adultes évoquaient les souvenirs d'antan en se montrant des photos.

Nostalgie et épicurisme se mêlaient joyeusement.

Après cette journée mémorable, elle demandait de temps en temps à retourner à ce merveilleux cabanon. Son fils hochait la tête sans répondre, ou en arguant sa mobilité de plus en plus réduite à cause de ses rhumatismes. Elle se contenta donc des photos, mais n'abandonna pas l'idée d'une acquisition – non d'une location – après sa mort. Le fils n'osait lui dire qu'une nouvelle loi sur le littoral mettait fin à cette pratique du cabanon : il fallait rendre l'usage des rivages à la communauté. Elle mourut sans avoir connaissance de cette législation et garda toutes ses illusions.

À sa mort, l'héritage permit à son fils d'acquérir un appartement au huitième étage d'un immeuble avec **Vue sur la mer**. Le fils calmait ainsi son remords de n'avoir pas accompli entièrement le souhait de sa mère. Qui sait ? La mamie qui souriait sur les photos de ce jour mémorable placées bien en évidence dans la vitrine du bahut de la salle à manger, reflétait dans son regard ébloui l'image du bord de mer où se trouvait le cabanon.

Oui, **Vue sur la mer**, c'était un bon choix !

Rien dans la boîte…

Rien dans la boîte...

Il n'y a *rien dans la boîte* ! Soupire la mamie, revenant bredouille de sa quête matinale à sa boîte aux lettres. Plus personne n'écrit aujourd'hui, à part une petite livraison pour les vœux ou quelques cartes de vacances en provenance d'amis âgés comme elle, traditionalistes et démunis face aux techniques nouvelles. Bientôt, leurs doigts arthritiques les feront renoncer à cette pratique pour se contenter d'un simple coup de téléphone. Mais la grand-mère a le culte de l'écrit qui entretient les sentiments : « les paroles passent, les écrits restent » aime-t-elle à répéter. Elle se plaît à relire, les anciennes lettres qui lui rappellent bons et mauvais moments ou à contempler avec nostalgie des cartes postales de paysages exotiques ou de sublimes monuments que lui envoyaient des amis naguère ; comme elle, ils ont renoncé à des voyages trop coûteux pour de faibles moyens de retraités ou trop fatigants pour leur santé chancelante et il ne reste plus que ces images défraîchies mais riches de souvenirs.

Ses enfants habitent sur place et ne voient pas la nécessité de communiquer par courrier. Quant aux petits-enfants, ils ne sont en relation que par SMS avec des jeunes de leur âge. Restent les publicités qui envahissent la boîte mais que de déception pour les personnes trop crédules ! « Tentez votre chance ! Vous êtes sur la liste des prochains gagnants... ». Elle s'est parfois laissé prendre à ces offres alléchantes et souvent trompeuses : « votre numéro n'est pas sorti, mais vous pouvez retenter votre chance ou obtenir un lot de consolation en versant un petit complément ... ». Elle ne répond plus, mais aime à voir sa boîte remplie plutôt que vide ! Bientôt, elle est privée de cette petite part de rêve. En effet, l'immeuble où elle réside a mis des affichettes comminatoires : « STOP PUB ». Cela écarte les publicités non adressées.

Une de ses amies qui s'épanouit dans les achats par correspondance lui conseille ce type de courrier :

« Pour chaque commande, tu reçois un cadeau et si c'est un organisme caritatif, tu as en plus la satisfaction de faire une bonne action ! »

Alors la boîte se remplit à nouveau mais la mamie se lasse vite de recevoir des cadeaux qu'elle se fait à elle-même ou des achats qu'elle préfère choisir en magasin (elle est encore assez valide pour cela) ou de recevoir des objets inutiles juste pour alimenter une œuvre caritative. Ce déluge de papiers commerciaux dans sa boîte l'indispose. Trop, c'est trop ; elle ne répondra plus !

Sur les conseils de ses petits-enfants, elle décide alors de s'initier au numérique. Qui sait, cela peut resserrer les liens intergénérationnels ou en tout cas montrer qu'à son âge, on est encore capable d'apprendre. Les clubs de Seniors qu'elle se met à fréquenter proposent tous cette initiation et elle ne tarde pas à s'inscrire. Ses débuts sont timides. Elle adresse d'abord des mails à ses amis, à certains du moins car tous ne sont pas équipés ou peinent à utiliser ce nouveau moyen de communication. Ils préfèrent les SMS, rapides et pratiques pour lancer ou confirmer une invitation. Elle, c'est du courrier qu'elle veut, de véritables échanges comme autrefois où on développe sa joie d'avoir participé à une réunion intéressante, d'avoir visité une exposition ou un lieu historique... Oui, c'est une enragée de l'écrit, numérique ou pas ! « On ne se refait pas ! ». Et puis, elle a toujours envie de partager ses impressions car elle redoute la solitude de ceux qui, faute d'interlocuteur, en viennent à soliloquer chez eux.

Elle tombe par hasard dans le journal local sur une demande de correspondant pour son quartier. Elle envoie aussitôt sa candidature – les courriels n'ont plus de secret pour elle – et elle est recrutée sur le champ. Peu en effet sont capables comme elle d'être la mémoire d'un quartier, de répondre à un lecteur qui demande des renseignements sur l'origine du nom d'une rue : « Cela signifie quoi : *Rue de la Croix du Tilleul ?* ». Elle seule est capable de dire si c'est la présence d'un *Tilleul* ou d'une *Croix* qui ont donné son nom à cette rue. De même, elle peut faire l'historique des commerces, des établissements qui ont disparu aujourd'hui ainsi que du passage ou de la résidence de quelques personnages célèbres. Elle pimente tout cela d'anecdotes savoureuses, comiques ou émouvantes. « Autrefois, on vidait les pots de chambre par la fenêtre, il valait mieux ne pas être en-dessous ». Le rémouleur, le ramoneur passaient proposer leurs services ainsi que les ramasseurs de vieilleries qui criaient : « Chiffons, peaux de lapins ». Des voitures à chevaux

Rien dans la boîte...

étaient encore utilisées et, après leur passage, les ménagères, munies d'une pelle, allaient ramasser du crottin, si utile pour la fertilité des plantes d'appartement. Les gens de sa génération aimaient revivre dans leur quotidien des souvenirs de leur jeune temps ou satisfaire leur curiosité. Bref, les petites chroniques de...

mamyctout.com

connaissaient un succès fou et des lecteurs, recherchant un contact plus personnalisé, demandèrent au journal ses coordonnées.

Pour satisfaire ces demandes, elle s'équipe bientôt d'un portable. Ce petit appareil est un véritable compagnon pour elle, comme pour certains un animal domestique. C'est presque comme un être vivant dont elle épie les pulsations. Elle est rassurée sur sa présence quand il vibre silencieusement dans sa poche pour lui signaler un appel. Une panne de batterie c'est pour elle comme un arrêt du cœur. Alors que le vide de la boîte aux lettres lui faisait penser à un cénotaphe, elle se sent aujourd'hui reliée au monde, connectée même si ce mot lui déplaisait il y a peu. Elle a même gagné l'estime de ses petits-enfants : ce n'est pas toutes les mamies qui se mettent au numérique et, de plus, voilà qu'elle est dans le journal ! Quel succès, quelle revanche pour la petite mémée qui passait inaperçue. À présent, elle existait, elle comptait encore et faisait du prosélytisme numérique auprès d'autres dames âgées :

Rien dans la boîte...

« Attention, si vous ne vous prenez pas en mains, vous serez incapables de vous adapter ; plus personne ne s'occupera de vous et vous basculerez bien avant la mort dans l'oubli général ».

Cette période faste prit fin un jour. La mamie fut renversée par une voiture. Rien de bien grave car sa bonne constitution la sauva de l'immobilité, mais l'absence de sa chronique l'effaça bientôt de la mémoire de ses lecteurs. Au début, on demandait de ses nouvelles en s'affligeant de ne plus lire ses petits billets. Puis, on s'adressa au journal pour exiger la reprise de ce genre de courrier. Le quotidien vit qu'il y avait un vide à combler et confia la mission à un autre rédacteur. La technique était plus journalistique ; c'était le reporter qui se déplaçait dans les quartiers pour interroger les gens et leur faire raconter leurs petites anecdotes. Cela plaisait bien aussi et quand la mamie, rétablie, voulut reprendre ses fonctions, on lui dit que la relève était assurée et qu'elle avait bien mérité de se reposer. Un repos qui ressemblait à la mort, pensait-elle amèrement…

Rien dans la boîte...

Les pulsations du petit appareil qu'elle aimait tant sentir vibrer dans sa poche devinrent plus rares. À quoi bon utiliser sa messagerie puisque plus personne ne s'adressait à elle. Le fonctionnement se réduisit au simple téléphone : prise de rendez-vous médicaux, contacts avec quelques amis, ceux qu'elle n'avait pas réussi à rallier à l'outil numérique. Petit à petit, elle perdit l'habitude d'écrire des mails, de communiquer. Elle vécut à nouveau le même manque :

Il n'y a rien dans la boîte.

Osez Joséphine

Osez Joséphine

Eh bien, voilà, l'article intitulé : « *Osez Joséphine* » était prêt à paraître. Amis, voisins découvriraient sa face cachée... Ils n'en reviendraient pas !

Celle qui avait une allure de vieille dame discrète, vêtue sans ostentation, n'abordant aucun sujet brûlant dans ses rares conversations avec des personnes croisées en faisant ses courses ou dans son immeuble : politique, attitude des jeunes, pouvoir d'achat... allait bien les surprendre !

Oui, Joséphine, c'était son prénom, mais l'article faisait allusion – -en empruntant le titre d'une chanson de Baschung – à l'audace qu'elle déployait en créant des sketches humoristiques dans des foyers de personnes âgées. Rien n'échappait à son humour corrosif. Ah ! elle n'avait pas froid aux yeux, Joséphine... ni ailleurs, comme murmuraient des voix coquines. Tout y passait dans ce show qu'elle donnait dans un club de seniors. À elle seule, elle jouait tous les personnages : les mamies qui voulaient imiter les jeunes femmes et dont les genoux cellulitiques dépassaient de jupes trop courtes, celles qui cachaient leurs rides sous un maquillage qu'on eût dit posé à la truelle tant il était épais, ou qui teignaient leurs cheveux, mais dont les racines blanches démentaient leurs efforts de coloration ou d'autres qui ,au contraire, « assumaient leur âge » et se couronnaient d'un chignon suranné pour ressembler aux grand-mères bienveillantes des publicités vantant les bonnes recettes d'autrefois. Pour jouer le rôle des messieurs, elle sollicitait parfois un figurant dans l'assemblée, flatté d'être sur le devant de la scène, au point de ne pas craindre le ridicule. Ainsi étaient caricaturés les hommes qui comptaient sur le charme de leurs tempes grises pour plaire aux plus jeunes, oubliant leur bedaine qui témoignait d'un goût pour les plaisirs de la table. Les deux sexes étaient à égalité la cible de son esprit satirique quand elle s'attaquait aux « dragueurs » impénitents. Il y avait les veuves qui cherchaient à se « recaser » en séduisant les hommes qui leur paraissaient encore « en bon état », ne voulant pas renouveler les sacrifices faits à leur défunt mari pendant sa maladie, les papis qui pratiquaient un refus de vieillesse et, qui, à défaut de séduire des « jeunesses », s'empressaient auprès de celles qui leur paraissaient les moins décaties : « faute de grives, on mange des merles ». Tous rêvaient de petits plaisirs – ou peut-être même d'exploits érotiques – qui nourrissaient les histoires grivoises de Joséphine.

Certains, se reconnaissant dans ces portraits, affectaient une autodérision de bon aloi et s'esclaffaient sans retenue, d'autres affichaient un déni hypocrite : « le vieux c'est l'autre » ; tous, enfin, se délectaient de ces histoires coquines en hochant la tête d'un air entendu : « on n'est pas né de la dernière pluie ».

Elle avait peine elle-même à s'identifier à ce personnage créé à sa retraite pour donner vie à ses aspirations les plus secrètes. C'était une sorte d'existence par procuration, un double affranchi de tous les préjugés qu'elle avait subis dans sa vie « active » et qu'elle n'avait pas osé secouer.

Elle se revoyait fillette timide, élevée dans une famille « à principes », protégée des mauvaises fréquentations des enfants qui jouaient dans la rue, car la chaussée n'était pas encore envahie par les voitures (la circulation sur cette voie qui menait aux usines cessait vers 6 h du soir, heure de la sortie et les ouvriers utilisaient des moyens de déplacement modestes tels un vélomoteur ou un simple vélo). Mais pour ses parents, le danger ne venait pas de la circulation, mais de la mauvaise réputation des familles qui laissaient leurs enfants livrés à eux-mêmes en dehors du cadre sécurisé de la maison. Tandis qu'elle entendait, comme Ulysse, les voix de sirènes, les enfants crier joyeusement « à l'épervier de tous les côtés », elle meublait sa solitude en faisant la classe à des élèves invisibles devant son tableau noir, jouet utile pour une future carrière de maîtresse d'école dont rêvaient ses parents. Comme elle savait que « bien travailler à l'école » lui permettrait d'avoir un métier et de s'émanciper, elle se plia à ces règles et endossa le personnage de la bonne élève sans reproches mais non sans peur car sa timidité l'empêchait de prendre la parole et les récitations de poèmes ou de fables devant la classe lui causaient une véritable torture ! Durant ses études elle mena une vie quasi monacale ne faisant pas partie des joyeuses bandes d'étudiants, sacrifiant tout à son projet de carrière : trop de risques de « récupérer » une grossesse non désirée et de devoir régulariser par un mariage sans amour qui la priverait de ses aspirations à l'indépendance. Elle réalisa son souhait et son métier d'enseignante lui permit de se débarrasser de cette timidité paralysante qu'elle avait en tant qu'élève : maintenant, les rôles étaient inversés et c'est elle qui avait le pouvoir, elle qui était la maîtresse. Sur le plan personnel, elle reproduisit le schéma familial transmis par ses parents d'une vie « rangée » : mariage dans son milieu, enfants venus dans les délais *corrects*, métier de fonctionnaire, ... sans état d'âme et sans regret jusqu'à la retraite.

Après avoir régné sur les « chères têtes enfantines », elle chercha un nouveau terrain pour assouvir ses aspirations à libérer son besoin d'extériorisation. Ce furent les clubs de « troisième âge » qui lui fournirent le public dont elle avait besoin. Les seniors n'étaient-ils pas de grands enfants ?

Elle connut alors des moments sublimes de défoulement. C'était comme une sorte de « carnaval » où on peut tout oser sous le masque et reprendre sa vie ordinaire en rentrant.

Le journaliste ne s'était pas trompé, mais elle éprouvait une sorte de honte à voir dévoilés ses fantasmes sur la place publique. C'était une mise à nu. Certes, elle l'avait bien cherché, par provocation et défoulement, mais cela se passait sans tapage extérieur. Par cet article, elle allait sortir du cercle confidentiel du club, affronter les malveillances du « qu'en dira-ton ». Elle entendait d'ici les réflexions : « Pour raconter ce genre d'histoire, il faut avoir de l'expérience, elle a bien caché son jeu, la petite mamie ». C'était surtout ce terme de « mamie » qui la gênait ; elle appréhendait les questions de ses petits-enfants : « dis, mamie, cela veut dire quoi : *au-dessous de la ceinture* ? » Il fallait d'urgence empêcher cette parution, contacter le journaliste…

Elle n'en eut pas le temps. La directrice du foyer l'avait appelée dans son bureau : « Vous êtes en vedette sur le journal. Félicitations ! Quelle belle publicité pour notre club ! On voit que les seniors savent encore se distraire et sont capables de rire d'eux-mêmes. On n'est jamais si bien servi que par soi-même ! Ah, j'oubliais, vous êtes invitée par la mairie en tant que personnalité marquante de notre cité. Le maire vous remettra une récompense. »

****

Eh bien, il fallait assumer. Après tout, elle n'avait rien fait de mal, elle s'était juste offert un défoulement…Oui, il fallait :

Oser, Joséphine !

Une vie si ordinaire…

Une vie si ordinaire

C'était un couple étrange. Tous deux appartenaient à des communautés qui s'étaient fixées dans ce territoire-carrefour où se retrouvaient immigrés de diverses origines, protestants, juifs, Alsaciens... Certains se mêlaient grâce à des mariages « mixtes » entre catholiques et protestants, pour d'autres la guerre ou les activités avaient créé des liens : c'était le cas des juifs que des habitants avaient sauvés de la rafle et qu'on retrouvait après la guerre dans le commerce ou les professions libérales ; quant aux petits immigrés d'origine italienne ou aux Alsaciens venus se fixer en France, ils ne constituaient pas la partie la plus aisée de cette population bigarrée et les dialectes accentuaient aussi les écarts.

Emile et Maria appartenaient à cette dernière catégorie. Emile, était issu d'un milieu modeste mais « éclairé » d'immigrés italiens qui souhaitaient pour leurs enfants une belle situation et avaient fait des efforts financiers considérables pour leur faire poursuivre des études. Mais, par son tempérament nonchalant, il n'avait pas rempli les ambitions de ses parents : il était en quelque sorte « le vilain petit canard » parmi ses frères qui avaient bien réussi. Il n'avait pas eu la volonté de se hausser plus haut qu'au rang de petit employé administratif dans l'usine où ses aînés étaient devenus dessinateur industriel pour l'un, contremaître pour l'autre. C'était dans cette usine qu'il avait connu Maria qui y travaillait aussi. Il avait été séduit par cette belle Alsacienne si blonde et si conforme à l'image qu'on voyait sur les publicités vantant une bière, mais la comparaison s'arrêtait là car la belle, durcie par la vie, n'avait aucune douceur ni bienveillance. Elle était issue d'une famille d'Alsaciens pauvres, isolés par leur dialecte et incapables de communiquer autrement qu'entre eux ; elle avait fréquenté l'école jusqu'au certificat d'études et, grâce à sa volonté, en avait tiré une bonne orthographe et une facilité d'expression et d'adaptation qui lui furent utiles, une fois plongée dans le monde du travail .Ses qualités d'adaptation lui permettaient aussi de changer de poste au gré des mutations économiques : mécanique, textile, informatique, elle s'était reconvertie chaque fois. Tout, plutôt que finir « popote » au foyer comme ses sœurs, dépendant d'un mari ouvrier comme elles, et soumises à la perte de ressources en cas de chômage du « chef de famille », seul garant du niveau de vie des siens.

Emile et Maria, n'eurent pas de souci de cet ordre car ils travaillaient tous les deux, et, en cas de perte d'emploi, l'un ou l'autre continuait à faire vivre le couple. Elle était très engagée et toujours prête à défendre ses collègues féminines, n'hésitant pas à faire grève et à s'opposer aux chefs. Lui, dans un poste plus élevé était davantage à l'abri des licenciements économiques et de toute façon, il n'avait pas l'âme militante, ce qui provoquait maint débat dans leur couple. Ce n'était pas le seul signe du mauvais fonctionnement de leur union. Passée la période des « feux de l'amour », ils se rendirent compte très vite qu'ils n'étaient pas faits pour s'entendre. Mais grâce à ce mariage, elle était un peu propulsée au-dessus de sa condition d'origine, à preuve, la jalousie qu'elle

Une vie si ordinaire

suscitait chez ses sœurs unies à de petits ouvriers. Donc pour rien au monde, elle n'y mettrait fin. Circonstance aggravante, aucun enfant n'était venu ressouder les deux parties et ils se résignèrent à une coexistence, pas toujours pacifique, mais acceptée de part et d'autre.

Ils étaient tenus à l'écart de leurs parentés respectives qui ne les reconnaissaient pas parmi les leurs. Maria faisait figure de nantie vis-à-vis des autres membres de sa famille. La première, elle avait acquis des appareils ménagers qui faisaient pâlir d'envie ses sœurs : réfrigérateur, aspirateur, machine à laver...Ils avaient été les premiers aussi, Emile et elle, à avoir pu regarder sur leur télévision toute neuve le couronnement de la reine Elisabeth II. Pour l'occasion, ils avaient invité parents et amis qui, sous les remerciements d'usage, s'étouffaient de jalousie et de rancœur. Ils furent ainsi entourés pendant quelques années de cette compagnie pour la diffusion de grands événements, de matches... Puis, le niveau de vie s'élevant -au moment des Trente Glorieuses- chacun ayant acquis ces biens matériels, on n'eut plus besoin d'eux et ils se retrouvèrent seuls. Emile, quant à lui, était rejeté par sa famille pour d'autres raisons. On lui reprochait d'avoir une épouse inculte, issue de « prolos » sans savoir-vivre. Bref, ils n'étaient pas fréquentables, et on les laissait dans leur coin.

Réduits à leur tête à tête, ils rompaient la monotonie quotidienne par des voyages que leur permettaient des revenus de plus en plus confortables. Voyageant en groupes, ils échappaient ainsi à la solitude du couple qui n'a rien à se dire.

Quelle satisfaction de vanité pour Maria de raconter au retour à ses camarades de travail les sensations de leur premier envol en Caravelle pour les Baléares et d'ajouter avec l'émerveillement d'une néophyte « Et les hôtesses nous ont offert une coupe de champagne ! ». Emile était attiré par l'histoire, celle des peuples et aussi des objets : meubles, vaisselle... Parfait autodidacte, il était incollable sur les styles de mobilier, l'époque des constructions...mais sa culture générale était encore insuffisante. Il avait été content de visiter la maison de George Sand et Chopin à Majorque mai, n'ayant pas de formation littéraire ou musicale pour apprécier leurs œuvres, il n'avait retenu que la « petite histoire », celle de leurs amours. Son ignorance le complexait et il se promit à son retour de compléter par la lecture ou l'écoute la découverte de ces personnages illustres.

Malgré ces tentatives d'ouverture à d'autres milieux sociaux, ils étaient toujours réduits à leur propre compagnie, les plus cultivés les snobant « quelle mentalité de parvenus ! », murmuraient ceux-ci avec mépris, les plus modestes enviant leur train de vie. Ah !si on avait autant d'argent qu'eux, on ne serait pas en train de tirer le diable par la queue ! ». Ils étaient « assis entre deux chaises ».

À leur retraite, Emile donna libre cours à sa passion des objets anciens, hantant antiquaires et brocanteurs (il ne faisait pas la

Une vie si ordinaire

différence), acquérant des livres devenus illisibles mais pourvus de reliures en peau, une collection de pipes avec tous leurs accessoires, des poupées de porcelaine, des guéridons...Sa femme supportait mal cette invasion d'objets et surtout de meubles et se plaignait :.

«- Ah ! *Ton* Henri II avec toutes ses colonnettes, quel mal il me donne pour le ménage !
-Tu as un aspirateur dernier cri !
-Mais on n'époussette pas avec un aspirateur ! » répondait-elle agacée.

En effet, elle visait surtout le confort et, en féministe convaincue, était à l'affût des appareils les plus performants pour soulager ses tâches. Elle n'avait que des désirs matérialistes. Leur seul point commun était d'être aussi maniaque l'un que l'autre et les rares visiteurs étaient soumis à un rituel exigeant : se déchausser, ne pas déranger les franges du tapis peignées amoureusement chaque matin...

On disait d'eux qu'ils s'entendaient « comme chien et chat », selon l'expression populaire : à l'intérieur, des reproches sur des détails ménagers : parallélisme des chaises, rangements non faits, objets qui traînent. À l'extérieur, chacun de son côté, lui, dans la ville vieille, toujours à la recherche de nouvelles pièces de collection, elle, préposée aux commissions, vue par les commerçants comme une cliente grincheuse, toujours une critique à la bouche, avec laquelle on n'a pas envie de prolonger la conversation.

Une vie si ordinaire

Ni l'un ni l'autre n'était intéressé par la vie en société ni la politique, à part pour vérifier leur pension, se mettre à l'abri du besoin, et se prémunir contre un éventuel cambriolage. « Chacun voit midi à sa porte »... Devant la porte, on voyait aussi des miséreux, mais ils n'en avaient cure : « Chacun doit se débrouiller dans la vie ! Il a bien fallu qu'on essaie de s'en sortir nous qui n'étions pas nés avec une cuiller d'argent dans la bouche ! »

Ainsi se poursuivit leur petite vie silencieuse jusqu'à la fin. On ne put leur reprocher leur imprévoyance : convention-obsèques, affectation des biens programmée chez le notaire : n'ayant pas d'héritiers directs, ils laissèrent leurs familles se partager meubles et objets divers, ce qui, comme on peut s'en douter, n'alla pas sans frictions entre les deux parties, chacune pensant que l'autre était avantagée. La rivalité s'accentua quand ils eurent connaissance par le notaire d'une liste indépendante qui était un legs au musée local : il s'agissait évidemment des collections de monsieur. Cela suscita une vive colère des deux familles. « Pourquoi nous priver d'une partie de leur héritage ? » Le notaire les calma en détaillant les objets du legs et ils se demandèrent ce qui pouvait faire la valeur de ces vieilleries. En revanche, ils se ruèrent comme vautours sur les objets ménagers (les femmes surtout) et sur le contenu des placards : vaisselle ordinaire, outils, provisions diverses accumulées par la peur d'une pénurie...

Une vie si ordinaire

Ils furent bien étonnés quand le conservateur du musée avertit la famille de la tenue d'une exposition des objets légués et les invita au vernissage. Sur une plaque brillait le nom des généreux donateurs. Certains se gaussèrent en disant : « cela leur fait une belle jambe d'être honorés maintenant qu'ils sont morts ! ». D'autres se reprochaient de n'avoir pas accordé d'importance à ces pièces de collection : « Tu te rends compte, si on avait su, c'est nous qui aurions pu acquérir ces objets et les revendre ». Ainsi, floués dans leur rapacité, ils en voulurent par-delà la mort aux disparus.

Ceux-ci ne surent pas de leur vivant qu'ils seraient titulaires d'une plaque célébrant leur générosité et leur accordant une célébrité post mortem surprenante pour des existences aussi obscures !

Les deux tourtereaux

Les deux tourtereaux

Cette femme et cet homme âgés formaient un couple qui suscitait l'admiration et l'envie des gens de ce quartier à la population vieillissante. Toujours main dans la main, le plus vaillant portant les sacs, l'autre, soutenant la démarche hésitante de son compagnon. L'un cramponné à sa canne, l'autre s'appuyant contre l'épaule du second, gestes d'amour plus qu'aide à la marche.

« Ah ! Ce ne serait pas mon homme qui porterait mon cabas, ce n'est pas assez masculin ! » soupirait une femme tandis qu'un homme glissait à l'oreille d'une autre : « Tu devrais oser me tenir par la main, comme au temps où on était de jeunes amoureux ! ».

On les avait vus aller à pieds au centre-ville puis seulement au centre du quartier. Plus tard, on n'en vit plus qu'un, faisant les courses pour deux, et enfin plus personne…

On imaginait entre eux une belle histoire d'amour, visible par les gestes et des regards de tendresse qu'ils échangeaient. « C'est merveilleux que cela dure jusqu'à la vieillesse », pensait-on, d'où cette appellation « Les tourtereaux » qu'on leur avait donnée. En fait, il s'agissait d'un amour de jeunesse retrouvé à l'orée du grand âge, après une vie que chacun avait menée de son côté …

Ils s'étaient connus pendant leurs études et des liens d'amitié entre leurs familles leur avaient permis de se voir aussi lors de réunions amicales encouragées par leurs parents qui rêvaient déjà à un futur mariage, pensant avoir trouvé pour leurs enfants les uns, le gendre idéal, les autres, la belle-fille modèle. N'étaient-ils pas unis par l'appartenance à un même milieu social c'est-à-dire la classe moyenne ni bourgeoise ni prolétaire dans « l'entre deux »,par un même environnement culturel grâce à leurs études et leur éducation. Mais c'était sans compter sur les aspirations personnelles, sensiblement différentes des deux jeunes gens...

Le jeune homme fut attiré par l'archéologie, à la suite de ses études de langues anciennes. La jeune fille, qui avait suivi le même parcours, souhaitait une carrière de fonctionnaire dans l'enseignement ; elle avait trop connu les soucis de ses parents : mère au foyer, père modeste employé dans une usine soumise aux lois du marché et dont on annonçait périodiquement la fermeture, pour embrasser une vie professionnelle pleine d'imprévus. À ses yeux, devenir fonctionnaire offrait la garantie d'une vie stable avec revenus fixes, mari, enfants, les seules évasions souhaitables étant les vacances familiales. Tandis qu'elle optait avec frilosité pour cette vie rangée, le jeune homme mettait à exécution son projet d'archéologie et partait bientôt pour la Grèce, non sans avoir essayé de l'entraîner avec lui. « Les mains dans la terre, les ongles usés par les vieilles pierres et les bivouacs sur les sites, très peu pour moi » avait-elle répondu prosaïquement, quand il lui vantait les nuits sous les étoiles, un ciel exempt des pollutions lumineuses des villes, la joie ineffable de déchiffrer des inscriptions et de découvrir la vie quotidienne de lointains ancêtres. Elle préférait lire les auteurs dans les éditions

Les deux tourtereaux

Budé. Il partit donc seul. Quant à elle, pressée de réaliser ses rêves de vie confortable, elle ne tarda pas à trouver l'heureux élu – peut-être davantage de sa raison que de son cœur – mais l'amour vient en le pratiquant comme l'appétit vient en mangeant ! Elle fonda un foyer avec un jeune homme qui partageait les mêmes aspirations et était lui aussi fonctionnaire dans une grande administration. Ce fut un bon mariage car ils avaient des goûts communs et le même idéal de vie tranquille et quelque peu étriqué. Bientôt, la naissance d'enfants confirma leur choix. Ils étaient fiers tous deux de leur procurer une existence exempte de soucis matériels, un cadre de vie confortable, des vacances dans des résidences qui leur épargnaient tout souci ménager et, plus tard, de leur permettre d'envisager des études sans avoir à quémander une bourse ou faire un petit travail alimentaire pour financer leurs loisirs... Pendant ce temps-là, lui, bivouaquait, grattait la terre avec ses mains, se cassait le dos sur les sites envahis de poussière et de soleil... C'est du moins l'image dissuasive qu'elle se faisait de la vie de son ami d'autrefois. Lui, au contraire, supportait les conditions difficiles des fouilles avec toujours le même enthousiasme. Quelle satisfaction dans la mise à jour d'une inscription sur un petit morceau de pierre qui perpétuait la mémoire d'anciens ancêtres et témoignait de leur degré de civilisation ! Cela valait bien quelques heures d'inconfort !

Ils n'avaient pas perdu tout contact entre eux et recevaient des nouvelles par leurs familles qui continuaient à se voir. Il apprit qu'elle était maman de charmants enfants et menait une vie agréable avec son mari. Elle sut qu'il n'avait aucun projet de mariage, ne voulant pas imposer à une épouse une vie trop inconfortable. Elle se demanda avec un mélange de compassion et de vanité si elle n'était pas à l'origine de ce choix.

Les deux familles s'invitaient à chaque retour du fils prodigue. Il y avait une sorte de perversité de sa part à elle à exhiber sa réussite familiale : son mari, devenu lui aussi la figure du « gendre idéal » après l'échec du premier « candidat » (il ignorait le rapprochement rêvé naguère par les deux familles), ses enfants, image de leur union charnelle... Elle riait avec les autres aux plaisanteries sur le célibat de son ex-presque fiancé :

« -Et toi, c'est pour quand le mariage ? Quand nous ramèneras-tu une belle Grecque ? ».

Il se contentait de s'associer aux rires en répondant qu'il n'était pas pressé et en rougissant un peu.

En fait, il ne se maria jamais.

Les années passèrent. Il revint en France, ayant obtenu un poste au département d'archéologie de l'université régionale. Elle fut invitée à l'un des colloques et s'y rendit avec un mélange de curiosité et d'appréhension : « Avaient-ils changé ? ». Elle s'inquiétait surtout pour elle, en femme coquette soucieuse de son physique. À la fin de la conférence, elle s'approcha pour le féliciter. Il était bronzé, avait quelques cheveux blancs mais cela lui allait bien d'autant plus que sa chevelure indisciplinée lui donnait l'allure d'un

Les deux tourtereaux

aventurier. Elle, elle était toujours impeccable, conforme à son image de femme rangée, planifiant passages chez le coiffeur et rendez-vous chez l'esthéticienne.

Mais la surprise ne venait pas du physique proprement dit mais du regard. Quelle était cette flamme qu'elle lisait dans ses yeux et qui accompagnait avec indiscrétion les paroles convenues : « Je suis bien content de te revoir ».Et elle, que dévoilait son regard ? Pourvu qu'il ne trahisse pas des désirs enfouis, pensait-elle avec appréhension, ne voulant pas compromettre sa vie de femme rangée si bien tissée. N'avait-elle pas ce qu'elle avait désiré : un mari attentionné, des enfants bien élevés, un niveau de vie convenable ? Elle étouffa bien vite le petit pincement de regret qu'elle sentait l'assaillir... Quelle raison aurait-elle eu de quitter son ménage pour retrouver un amoureux qu'elle avait dédaigné autrefois ? Du reste, elle n'avait pas changé. Son côté matérialiste l'emportait toujours sur des choix plus audacieux. Elle resta évasive quand il lui proposa d'autres rencontres.

La vie se poursuivit ainsi sans changement malgré quelques alertes. Comme tous les couples, le sien subit quelques crises. Son mari était souvent absent pour des obligations « professionnelles » ainsi qu'on dit toujours. Elle n'échappa pas à quelques scènes de jalousie.

Les deux tourtereaux

Une crise plus aiguë que les autres la poussa à accepter une nouvelle invitation à un colloque. Son état d'esprit avait changé, ses scrupules s'étaient envolés. Est-ce qu'il se gênait lui pour avoir des aventures pendant ses déplacements ? Mais pour ces anciens amoureux, le mot « aventure » ne convenait pas. Cette fois elle n'eut pas de scrupule à céder à la tentation. Encore une fois leur regard avait parlé pour eux, emprunt d'un muet consentement. Ils passèrent la nuit ensemble, comme s'ils avaient toujours été amants. Quel plaisir de se donner sans pudeur, de le laisser parcourir son corps, tous ses sens en éveil. Comment arrivait-il à trouver ses zones érogènes après tant d'années de séparation ? Quant à elle, ce n'était plus la jeune femme timide d'autrefois. Elle allait chercher son plaisir sur tous les territoires du corps aimé, fourrageant avec délices dans les poils de sa poitrine, caressant son sexe. Elle ne se demandait plus si l'âge les avait changés, tout occupée à goûter dans l'obscurité les charmes de ce corps ami.

Dès lors, ils programmèrent d'autres rencontres, toujours sous un prétexte ou un autre car ils étaient d'accord pour ne pas perturber l'organisation de sa vie à elle, sauvegardant toujours les apparences d'un couple irréprochable. D'autres attentions les reliaient. Ils se soutinrent dans les deuils qui frappèrent leurs familles. Ils se virent à l'enterrement de leurs parents ou d'amis proches. Quand une catastrophe frappait la région où l'un ou l'autre se trouvait : incendie, inondation, ils se passaient des coups de fil pleins d'anxiété. Et la vie

Les deux tourtereaux

avançait, dépeuplant leur entourage, soit par abandon naturel de la cellule familiale (ses enfants à elle) soit par deuil...

Le moment de se retrouver était peut-être arrivé et, après la disparition de son conjoint, elle n'éprouva plus de résistance. C'était bien tard pour « refaire sa vie » mais en revanche, il n'y avait pas de honte à avoir puisqu'ils étaient libres tous les deux. Aucun calcul matériel n'avait dicté leur conduite et l'amour qu'ils éprouvaient l'un pour l'autre se lisait sur leur visage. Pourquoi avoir attendu si longtemps et disposer de si peu de temps pour le vivre ? C'était leur problème. Vus de l'extérieur, ils respiraient l'amour et on les appela « les tourtereaux ». Ils connurent quelques années d'intense bonheur, que ne parvenaient pas à ronger les inévitables infirmités de l'âge. Au contraire, elles cimentaient encore davantage leur entente par un dévouement et une entraide de chaque instant, sans aucune ombre de sacrifice. La seule supplication muette qu'on pouvait lire dans leurs yeux était : « Ne pars pas avant moi ».

Vint le jour où ils disparurent du quartier. Les plus romanesques imaginaient un suicide mutuel mais aucun article de presse n'était paru malgré « l'attrait » morbide que suscite ce genre de nouvelle.

Les deux tourtereaux

On avait bel et bien perdu leurs traces. Ne pas laisser de trace était conforme à l'extrême discrétion dont ils avaient toujours fait preuve. Sans doute avaient.-ils fini leurs jours dans une maison de retraite dont on ignorait l'adresse.

Là, fatalement, l'un partit avant l'autre, peu importe lequel. Comme dans la naissance de jumeaux, l'un devance l'autre mais l'autre arrive peu après. Il n'y a qu'à laisser faire la nature…

Le muscat du dimanche

Le muscat du dimanche

« On prend l'apéritif au salon ou à la cuisine ?

— Comme d'habitude, au salon ! Il faut bien marquer le dimanche !

— Pour moi, cela serait plus pratique de manger à la cuisine : j'aurais moins de mal et cela ne refroidirait pas...

— Je sors quand même le service du dimanche ?

— Si tu y tiens...

— Alors, en route pour l'apéritif au salon.

Si on attaque tout de suite, on aura vite fini et que faire après, un dimanche après-midi ?

— On peut manger plus tard.

— En attendant, je vais m'ennuyer.

— Tu liras le journal.

— Il n'y en a que pour les actifs, pas pour les retraités, à part la hausse de la CSG.

— Il y a un supplément : « Vacances hors saison »

— C'est pour le troisième âge.

— Tu n'en fais pas partie ? Le vieux, c'est l'autre ?

— En tout cas, pas partie de cette catégorie qui veut de l'assistanat pour tout. Je vois cela d'ici : on vous prend en bas de chez vous, on s'occupe de tout, vous voyagez en bus-confort, et au bout d'un moment, tout le monde ronfle !

— Tu parles pour vous, les hommes ; nous les femmes, on arrive toujours à s'occuper.

— Ah ! Oui, pour les papotages, on peut vous faire confiance ; vous parlez tellement que c'en est assourdissant !

— Pas d'importance puisque vous ronflez ! Et puis, voyager en groupe, cela évite de se retrouver seuls, à manger « entre quatre z'yeux » …

— Ah, oui, parle-moi de la convivialité aux repas. On critique le menu, inadapté aux régimes, trop lourd, trop copieux ou au contraire trop chiche « On n'en a pas pour son argent ». Il y a ceux qui rigolent grassement : « On va s'en payer une bonne tranche, on reprendra le régime en rentrant » ou ceux qui donnent des leçons de diététique en mangeant du bout des lèvres : « on creuse sa tombe avec sa fourchette ». Rien de tel pour jeter un froid !

Le muscat du dimanche

— Mais on peut discuter avec ses voisins de table au lieu du tête à tête muet du couple qui n'a rien à se dire puisqu'ils sont toujours ensemble.

— Peut-être, à condition d'éviter les sujets qui divisent : la politique par exemple !

— Alors de quoi peut-on parler ? Des banalités sur le temps qu'il fait ?

— Attention aussi à la météo, car avec le problème du réchauffement climatique, cela devient un sujet…brûlant !

— Il y a peu de sujets susceptibles d'intéresser les deux sexes. Vous les hommes, c'est toujours le sport, les matches ou alors des conversations au-dessous de la ceinture et des plaisanteries grasses. Il y a ceux qui font répéter parce qu'ils sont sourds et ceux qui s'esclaffent à tout hasard de peur qu'on voit qu'ils n'ont pas compris : « Elle est bien bonne celle-là ! ».

— Vous, les femmes, ce n'est pas mieux : toujours à parler chiffons ou vedettes de la télé et des magazines people !

— Cela apporte un peu de rêve dans un contexte plutôt sombre. On a besoin d'évasion, de distraction ; c'est pourquoi les matinées dansantes sont si appréciées.

— Ne me parle pas de cela ! Je déteste le musette et de toute façon, je ne sais pas danser.

— Il n'y a pas que le musette.

— Ah, oui ! Il y a les slows pour draguer et tromper son conjoint !

— On n'a pas besoin d'aller sur la piste. On peut se contenter du spectacle !

— Quel spectacle ridicule : des gens qui se trémoussent sans aucun sens du rythme, d'autres qui grimacent sous la torture qu'ils infligent à leurs articulations récalcitrantes. Les spectateurs échangent des recettes sur la meilleure façon de traiter les douleurs articulaires, émettent des poncifs sur la bonne hygiène de vie, le sport salvateur, les méthodes de nos grand-mères... Le tout sur un ton doctoral, en dépit de la bedaine qui enfle la chemise et dément les efforts pour garder la forme.

— Il faut être un peu plus tolérant si on veut vivre en société.

— Tu crois qu'ils le sont, eux, tolérants ? Ce sont les premiers à se plaindre d'être délaissés par leurs petits-enfants, alors qu'ils redoutent leur présence turbulente : « Tout ce qu'ils savent faire, c'est me détraquer mon ordi en chargeant leurs jeux stupides dont ils ne peuvent se passer. Il n'y a pas de conversation possible avec eux car ils parlent un langage que l'on ne comprend pas »

— On peut aussi faire en groupe une sortie culturelle, une visite de musée par exemple…

— C'est le triomphe de l'hypocrisie sociale ! Il faut avoir l'air intéressé même si les performances et autres œuvres avant-gardistes ne vous plaisent pas vraiment, imiter la béatitude naïve de votre voisin qui ne veut pas « mourir idiot » et se répand en éloges hypocrites. Vous n'osez confier votre nostalgie des sculptures grecques ou des vierges de Raphaël à ce public qui veut à tout prix être « dans le coup ». Et puis, c'est fatigant, les musées, on piétine, on est tout le temps debout à écouter des explications hermétiques !

— Il y a des banquettes pour se reposer…

— C'est avouer qu'on est fatigué alors que d'autres se forcent jusqu'à l'épuisement à paraître dynamiques et attentifs et puis, c'est comme ça qu'on perd de vue son groupe et qu'on erre à sa recherche dans le dédale des salles !

— On peut se contenter d'une simple promenade digestive…

— Personne ne tient compte des contraintes météorologiques pour ne pas paraître timoré. Alors, on cuit sous le soleil ou on affronte une averse intempestive «Pas de chance, juste au moment où on met le nez dehors ».Il aurait mieux valu ne pas le mettre le nez dehors !

— Il suffit d'avoir ce qu'il faut pour se protéger…

Le muscat du dimanche

— Ah! La prévoyance féminine ! Vous nous fatiguez avec vos questions : « Tu as pris ta casquette ? ». Vous, vous ne risquez rien avec vos couches de crème solaire et vos lunettes de star ! En revanche, vous vous tordez les pieds sur les sentiers avec vos talons-aiguilles.

— Il faut bien suivre la mode et s'entretenir pour éviter les méfaits de l'âge !

— …qu'on n'évite pas de toute façon !

Vieux rabat-joie ! murmure-t-elle entre ses dents.

— Hein, qu'est-ce que tu dis ?

— Je dis qu'on va bientôt manger, puis, selon le temps, on marchera le long du canal ou on ira au cinéma…

— Au cinéma ? Pas la peine, on a la télé, cela évite de sortir par tous les temps »

Sur ce, ils allèrent manger. Le repas se passa presque silencieusement, à part un bref échange sur le prix du journal qui avait augmenté : « Ils veulent nous pousser au numérique ! » et sur les potins de l'immeuble.

— « La voisine a un nouveau compagnon, dit la femme.

Le muscat du dimanche

— Oui, je l'ai vu, répondit l'homme, murmurant pour lui-même : « qu'est-ce qu'elle lui trouve, à cet individu plus vieux qu'elle, presque de mon âge ».

La conversation s'arrêta jusqu'au rituel :

— Tu descendras la poubelle pendant que je finis la vaisselle. »

Puis chacun s'adonna à son repos du dimanche : sieste postprandiale pour monsieur, lecture du supplément féminin du journal pour madame.

Encore un dimanche de passé !

Objets inanimés…

Objets inanimés

Il fallait vider les lieux. La propriétaire attendait avec impatience de pouvoir rafraîchir et relouer l'appartement libéré par le départ en maison de retraite de sa maman. Le vide était déjà bien avancé. Tout ce qui avait quelque valeur était parti chez des brocanteurs, voire même des antiquaires, cédés facilement par sa mère, crédule et ignorante de la valeur des objets. Par exemple, celle-ci s'était débarrassée sans état d'âme d'une bonbonnière en pâte de verre de style « École de Nancy » alors qu'elle avait insisté pour garder une coupe en verre ordinaire reçue en cadeau, destinée à recevoir des friandises ! Et il en avait été de même pour une armoire ancienne en palissandre dont elle se défit, prétextant un encombrement trop important ; elle préférait emporter avec elle son placard en contre-plaqué ; la vaisselle en porcelaine, les verres en cristal furent bradés à vil prix ; de toute façon, elle ne s'en servait plus, n'ayant plus d'invités et préférant pour elle-même utiliser des assiettes en *Arcopal* et des verres à moutarde « pas de regret, si on les casse », disait-elle avec son sens pratique dédaigneux de la valeur artistique... Sa fille, qui habitait dans une autre région, n'avait pu préserver grand-chose du désastre ! La valeur marchande des objets ne l'intéressait pas, mais certains avaient pour elle une valeur sentimentale et elle était venue avec l'intention de tout faire pour les sauver. Il s'agissait en particulier du piano de sa mère et d'une pendule qui avait rythmé les moments heureux ou malheureux de sa famille.

Objets inanimés

Dès qu'elle pénétra dans l'appartement où régnaient l'obscurité et une odeur de renfermé, elle fut frappée par l'impression d'abandon et de délabrement. Elle avait peine à retrouver ses souvenirs de soirées festives dans cette cuisine sale, aux placards huileux, à l'évier protégé par un *isorel* défraîchi qui ne donnait plus l'illusion du carrelage qu'il était censé imiter. Sur le sol, en guise de plancher, un linoleum déformé et décoloré s'enfonçait sous les pas. C'était là pourtant qu'on dégustait joyeusement des tartines d'un pâté en boîte bon marché, ou que son père faisait griller sur le gaz des saucisses à grand renfort de projections huileuses (les hottes n'existaient pas) les samedis pour fêter la fin de la semaine. Sa mère s'écriait joyeusement : « ce soir, je fais relâche » et son père s'imaginait faire un barbecue ! Le souci de la diététique et de l'hygiène étaient bien loin !

Elle s'approcha de la fenêtre de la cuisine qui donnait autrefois sur une cour et un jardin. La vie moderne avait transformé ces espaces devenus inutiles (plus besoin d'une cour où on étendait le linge : puisque les ménages s'étaient équipés de sèche-linge, ni de jardinets que personne ne souhaitait entretenir). Cour et jardin étaient remplacés par des garages, source de revenus non négligeable. Sentinelles froides, les murs de béton gardaient cet espace fonctionnel. Des traces d'huile et d'essence souillaient le sol où autrefois fleurissaient des parterres. Le cerisier avait été abattu. Les chants d'oiseaux avaient disparu, remplacés par le vrombissement des moteurs ou des cris de klaxon intempestifs. Il ne restait plus rien du paysage familier de sa jeunesse, à part ses souvenirs. Elle revoyait son père, souriant à la fenêtre en entretenant ses géraniums, le chat du quartier à la poursuite d'oiseaux sur le cerisier, les lessives flottant sur leurs fils dans la cour...La buanderie n'existait plus non plus , ses odeurs de vapeur et de propreté s'étaient évaporées, remplacées par celles d' un local poubelles nauséabond.

Elle alla voir les autres pièces : les chambres avaient été vidées de leurs meubles, la bibliothèque de son contenu (les livres reliés avaient été bradés au poids). Dans un coin d'une chambre, quelque chose attira son attention malgré l'obscurité. N'était-ce pas sa poupée « Adora », qui gisait là, dévêtue, les cuisses écartées comme une prostituée... Sa poupée avait été violée ! Cette poupée qu'autrefois elle habillait, coiffait, comme si c'était une vraie fillette. Sa mère, habile couturière, lui confectionnait des toilettes à la mode du moment. Quel plaisir elle avait eu à peigner ses cheveux « implantés » (c'était la grande trouvaille de l'époque pour imiter de vrais cheveux). Et maintenant, elle était là, nue, décoiffée, oubliée... Qui en aurait voulu ? Elle ne pouvait plus plaire aux fillettes d'aujourd'hui, qui ne connaissaient plus que les poupées Barbie, créations actuelles ? Elle devait absolument la sauver de la déchetterie !

Ses déconvenues n'étaient pas finies. Le piano de sa mère avait été victime d'un dégât des eaux et des rides d'humidité sillonnaient sa face, où s'épanouissait naguère, pareil à un sourire, l'éventail

Objets inanimés

d'une queue de paon dessinée par la marqueterie. Il était chaussé de sabots de cristal qui étaient maintenant fissurés et ébréchés. Elle pensait pouvoir les faire remplacer car dans la région qui était la sienne à présent le cristal faisait partie du patrimoine local et l'artisanat d'art fleurissait. Quant à sa face, abîmée par le ruissellement des eaux, une entreprise de restauration saurait lui rendre son aspect d'antan comme on recourt à la chirurgie esthétique pour une personne défigurée par un grave accident.

Vint le tour de la pendule. Elle marquait curieusement six heures du matin, horaire du départ de sa mère à la maison de retraite ! C'était comme un cœur ami qui se serait arrêté de battre en perdant sa compagne. Sa voix cristalline avait rythmé tous les instants de la vie familiale : les heures de départ à l'école, les horaires de travail, les veillées festives autorisées seulement jusqu'à une certaine heure pour l'enfant qu'elle était alors…On était si habitué à cette présence qu'on s'inquiétait dès qu'elle s'arrêtait ; c'était encore la faute à la circulation incessante dans cette rue qui menait aux usines, pourvoyeuse de vibrations délétères ! La plupart du temps, son cœur repartait après un redémarrage-maison dont se chargeait le père de famille mais, dans des cas plus graves de silence obstiné, il fallait la conduire à « l'hôpital des pendules ». Un nouveau séjour de ce genre s'annonçait car il était essentiel de lui rendre la parole ! Ces objets inanimés … pour l'instant, (pendule et piano reprendraient bientôt vie) furent sélectionnés pour partir dans le camion de déménagement.

Objets inanimés

Les transporteurs furent bien étonnés quand elle insista pour joindre au chargement une poupée défraîchie qu'elle avait rhabillée et remise dans une position décente.

****

Elle s'assura que tout était bien embarqué dans le véhicule puis elle partit sans se retourner.

.

L'inaccompli

Elle en était consciente, elle avait reproduit la petite vie étroite et timorée de ses parents et, avant eux, de ses grands-parents...

L'enfant solitaire

Elle était fille unique. Le « boum » d'après-guerre était passé inaperçu chez eux. Privée de frères ou sœurs avec lesquels elle aurait pu passer une enfance moins solitaire, elle interrogeait sa mère sur la raison de cette unicité. Celle-ci lui répondait par des considérations économiques : « Pas possible d'avoir une famille nombreuse avec des ressources si faibles et un logement si petit ». Certes, en cette période d'après-guerre, la crise du logement sévissait. On commençait seulement à construire des HLM à la périphérie, mais ses parents à la mentalité frileuse de petits bourgeois les pensaient réservés aux immigrés et redoutaient la promiscuité avec cette sorte de population. Ils préféraient se contenter d'un deux-pièces-cuisine en ville avec WC sur le palier. Elle pensait qu'il y avait aussi une raison plus secrète à sa situation d'enfant unique. Elle fut convaincue aussi du fait que sa mère avait eu recours à l'avortement, à la suite de propos interceptés dans les conversations de « grandes personnes », dont on la tenait éloignée. Certes on pouvait traiter cet acte avec indulgence au regard des conditions économiques et sociales de l'époque : la pilule n'existait pas et les couples disposaient de peu de moyens pour limiter les naissances. Mais cette révélation lui fit un choc plus personnel. Sa mère était peu démonstrative de sentiments affectueux à son égard et elle se demandait parfois, dans ses

L'inaccompli

moments de triste solitude, si elle avait été désirée ou seulement acceptée car on n'avait pas pu empêcher sa venue !

Pauvre petite fille pauvre

Quoi qu'il en soit, les contraintes économiques tenaient une grande place dans ce milieu modeste qui se drapait dans sa dignité et n'allait jamais quémander une allocation, même si le droit l'autorisait ! De plus, il y avait une sorte d'hérédité dans cette gestion des maigres ressources. La grand-mère avait transmis à sa fille la peur des pénuries engendrée par la guerre. Elle entassait les piles de draps dans ses armoires, le sucre, les pâtes, les conserves dans ses placards. Sa mère faisait des réserves moindres mais la peur du lendemain l'habitait aussi. Son père, dès qu'il avait une petite prime, la mettait de côté, à la Caisse d'Épargne, quitte à devoir « se serrer la ceinture » dans l'ordinaire. Ils n'osèrent jamais devenir propriétaires, même quand l'avancement dans la carrière professionnelle du chef de famille le leur aurait permis. « Avec les intérêts de la Caisse d'Épargne, je paie mon loyer », telle était la position inébranlable de son père quant à la gestion de leur argent ; « On n'allait pas se mettre un emprunt sur le dos avec tous les risques que cela comporte ». Ils avaient encore en mémoire le triste fiasco des emprunts russes pour la génération précédente.

Les comptes à voix basse de ses parents dans la cuisine – l'argent était un sujet tabou – avaient bercé son enfance. De temps en temps,

L'inaccompli

elle interceptait des propos inquiétants : « Combien de jours à vivre avant la fin du mois ? », demandait sa mère. « Dis, maman, est-ce qu'on va mourir après ? » interrogeait-elle angoissée. « Mais non, ma fille, c'est une façon de parler, on doit simplement limiter les achats avant de toucher la prochaine paye », la rassurait sa mère. Le père alla longtemps chercher son enveloppe à la caisse de l'usine avant de revenir clamer victorieux « Je vais ouvrir un compte en banque pour le versement de mon salaire! ».

Il n'était pas question pour elle d'inviter à goûter chez eux des camarades de classe, plus riches pour la plupart. Elle aurait eu trop honte de les recevoir dans ce logement minuscule qui ne comportait pas de salon : tout se passait dans la cuisine sur la table revêtue d'une toile cirée qui servait aussi bien aux devoirs qu'aux goûters, repas ordinaires ou festifs... Sa mère venait la chercher à l'école dans les vêtements qu'elle cousait elle-même avec habileté mais sans souci de la mode. « Il faut que cela dure ! ». Le samedi, c'était son père avec sa vieille Dyna, chaussé de ses bottes de caoutchouc mises pour aller jardiner sur un petit lopin de terre que possédait la grand'mère ! Quant à elle, elle ne manquait de rien, car ses parents se « saignaient aux quatre veines » pour lui permettre d'accéder plus tard à une meilleure situation qu'eux. C'est pourquoi, ils étaient sévères pour ses études, elle devait toujours être en tête de classe et elle se faisait vivement réprimander en cas de résultats seulement passables.

L'inaccompli

Le fossé social se creusait encore davantage au moment des vacances d'été. Pour permettre à leur fille de voir enfin la mer, ils avaient loué un petit meublé à Nice. Quelle joie pour elle qui, dans la grisaille du nord-est de la France, rêvait des couleurs méditerranéennes. Ses parents avaient attendu de pouvoir y accéder en voiture – et non en train, plus cher – grâce à l'achat d'un véhicule d'occasion dont le moteur chauffait dangereusement et menaçait de les laisser en panne dans les défilés des Alpes du sud, car son père avait boudé les grands axes pour emprunter la route Napoléon soi-disant plus pittoresque surtout plus adaptée au véhicule lent dont ils s'étaient dotés ! À l'arrivée, ce n'était pas plus reposant. Il fallait faire les courses au marché et cuisiner sur le camping gaz (pas question d'aller au restaurant). On dut aussi se procurer des maillots de bains, accessoires qui n'étaient pas indispensables dans leur région éloignée de la mer et dépourvue de piscine, comme c'était le cas à l'époque pour les petites villes. Sa mère, si pudique, dut se résoudre à acquérir un maillot deux pièces – moins cher qu'un maillot une pièce – et se sentait très gênée de se montrer ainsi en public comme si elle était en simples sous-vêtements ! Les après-midi, ils restaient confinés dans la chambre pour fuir le soleil, n'ayant pas les moyens de louer des parasols qui n'étaient proposés que sur les plages payantes. Elle, elle s'ennuyait pendant ces siestes parentales qui n'en finissaient pas. Heureusement, elle avait la lecture pour compagnie, c'était mieux que celle des vieilles amies de sa grand-mère chez lesquelles celle-ci emmenait sa petite fille quand ses parents n'avaient pas encore de voiture pour partir en vacances. Étés interminables sans compagnons de jeux de son âge. Ce ne fut guère mieux à la mer. Son père essaya bien de lui apprendre à nager, mais ce n'était pas très pédagogique et elle dut attendre l'âge de vingt ans pour se payer des cours de natation dans la piscine de sa petite ville qui s'était enfin dotée de cet équipement !

Humilité et dignité.

Le faible degré qu'ils occupaient dans la société avait engendré la soumission devant les « supérieurs »: patron, propriétaire, professeurs...

Son père ne faisait jamais grève, par peur de perdre son travail, quitte à passer pour traître aux yeux de ses collègues. Même attitude respectueuse envers leur propriétaire Ses parents acceptaient les augmentations de loyer sans vérifier si elles n'étaient pas abusives. Dans la vie scolaire, les enseignants étaient soutenus même en cas de favoritisme manifeste, de punition injuste ou de notation trop sévère.

En dépit de cette soumission, ils faisaient preuve d'un amour-propre dont ils étaient fiers. Fierté bien mal placée car elle les conduisait à refuser toute aide sociale légitime. Ainsi, « drapés dans leur dignité », ils avaient négligé de faire une demande de bourse d'études pour leur fille quand vint le moment des études supérieures, ce qui l'obligea à se crever les yeux sur des livres d'occasion devenus illisibles par une surcharge d'annotations manuscrites laissées par les prédécesseurs et à limiter ses retours en train dans sa famille durant son passage en internat de classes préparatoires, ce qui lui valut bien des dimanches solitaires et désœuvrés. Elle n'avait pas non plus les moyens de fréquenter les musées ou les expositions et – si elle en eut parfois la possibilité – elle n'avait personne pour échanger des impressions sur la visite. Comme elle enviait les familles réunies dans leur salon, jouant à des jeux de société qu'elle entrevoyait derrière les vitres éclairées d'appartements cossus de quartiers chics qu'elle traversait à son retour d'un passage dans sa famille, tandis qu'elle traînait sa valise avant de retrouver sa chambre d'internat, pourvue d'un casse-croûte pour le soir qu'elle grignoterait en révisant ses cours pour le lendemain.

Rêves et réalité

Tandis qu'elle terminait ses études, elle rêvait à son avenir. « Plus tard » s'auréolait de couleurs magnifiques. Elle s'achèterait des vêtements et des chaussures de marque, elle habiterait un appartement cossu dans un quartier chic, elle roulerait dans une belle voiture... Elle prendrait des vacances à l'hôtel, dînerait dans de bons restaurants, ferait des voyages lointains...

La réalité fut quelque peu différente. Ses études l'avaient menée au fonctionnariat, accomplissant ainsi le rêve de ses parents : « Pas de souci de licenciement, stabilité de l'emploi et des ressources et plus tard une bonne retraite : C'était solide, sûr et rassurant ». Peu à peu, elle s'appropria cet idéal. Elle eut la vie d'une petite fonctionnaire, partagée avec un époux du même milieu. Pas de quoi se plaindre : ils avaient, comme on dit, une honnête aisance. Ils étaient propriétaires de leur appartement pour lequel ils avaient souscrit un crédit qu'ils s'étaient empressés de solder avant échéance, habitués qu'ils étaient à payer « rubis sur l'ongle » tant par fierté personnelle que par crainte du lendemain (effondrement boursier, pénurie, guerre…). Ils avaient acheté des meubles impersonnels comme on en trouvait à l'époque dans les grandes surfaces. Leur voiture était d'un modèle économique, l'essentiel étant à leurs yeux une consommation raisonnable et une solidité maximale. Ils prirent des vacances avec leurs enfants dans des centres familiaux, payèrent sans restriction leurs études. C'était en eux qu'ils plaçaient maintenant toutes leurs ambitions, n'ayant plus pour eux-mêmes de désir de promotion sociale. Ils se contentaient de ce qu'ils avaient, fuyaient les placements audacieux, continuaient à gérer leurs biens avec frilosité. La vie s'écoula ainsi jusqu'à l'heure de la retraite.

Retraite

Elle n'aimait pas ce mot : *retraite* .Il commençait comme *retirer*. C'était comme si on lui *retirait* son pouvoir d'exister, comme si on la gommait. Elle voyait bien qu'on n'avait plus besoin d'elle. La jeune génération n'appréciait pas qu'on lui dicte sa conduite ; le monde avait changé et c'était plutôt à eux, les anciens, de s'adapter.

Il y avait même une inversion : c'était les jeunes qui initiaient leurs parents aux nouvelles techniques. Il valait donc mieux se résigner à ne plus jouer de rôle dans cette société en mutation et « faire avec », selon l'expression chère à leurs parents. Ils se trouvaient trop vieux pour faire un voyage lointain. Bijoux, toilettes, vêtements de luxe leur paraissaient bien futiles, les tables réputées des grands chefs de la gastronomie ne les tentaient pas non plus : les prescriptions diététiques qu'ils lisaient dans les magazines pour seniors les en éloignaient et puis leur appartenance à la classe moyenne ne les avait pas enclins à goûter des mets raffinés. Dans leur milieu, on avait plutôt tendance à préférer une bonne cuisine « bourgeoise » à des compositions présentées avec art qui plaisaient à l'œil mais déconcertaient les palais. Ce n'était pas non plus à leur âge qu'ils allaient changer de mobilier ; de toute façon, des meubles de valeur auraient été bien incongrus dans un intérieur aussi banal que le leur ! Et puis, ils n'avaient pas envie de perturber leurs petites habitudes ! Alors, ils se contentaient de ce qu'ils avaient. Seul leur importait de conserver leur univers familier, garant de leur tranquillité, quel qu'en soit l'aspect.

Ils avaient aussi pensé aux misères du grand âge. Leur souhait le plus cher était de ne pas être à la charge de leurs enfants, de subvenir à leurs besoins quand les infirmités les obligeraient à solliciter une aide à domicile ou même – c'était dur à envisager mais il faudrait peut-être s'y résoudre – un placement en maison de retraite. Ils avaient même anticipé le départ pour leur dernière résidence en finançant un monument au cimetière afin d'épargner à leurs enfants les charges qui suivent un décès. Bref, ils avaient pensé à tout et semblaient en paix avec leur conscience.

Elle, cependant, était hantée par des rêves non réalisés. Il n'était plus temps de « refaire sa vie », du reste cette ambition lui avait toujours parue vaine. Devait-elle adopter la formule désenchantée entendue chez ses grands-parents quand on les interrogeait sur leurs éventuels projets et qui répondaient-ils avec résignation :

« On attend que ça passe » ?

Elle ne pouvait empêcher une certaine révolte de sourdre en elle. Etait-on condamné irrémédiablement quand on était né « mal armé » à reproduire le sort minable de sa condition ? Quand avait soufflé pour la dernière fois en elle le vent de la rébellion ? Elle se reprochait sa mollesse et son manque de combativité. Pour calmer ses remords et son insatisfaction, elle souhaitait parfois une gigantesque apocalypse qui l'engloutirait avec l'humanité complète mettant fin à ce monde qui ne lui avait pas permis de

S'accomplir.

Y avait-il quelque part un autre monde là où tout serait

Ordre et beauté, luxe, calme et volupté ?

L'inaccompli n'était peut-être qu'un brouillon…Elle .rêva d'une

Page blanche

****

POSTFACE

Il y a une part de rêve en chacun de nous. Elle nous a permis de vivre et d'espérer. Qu'importe après tout si la réalisation a échoué…

****

© 2020, Mahyer, Paule
Edition : Books on Demand,
12/14 rond-Point des Champs-Elysées, 75008 Paris
Impression : BoD - Books on Demand, Norderstedt, Allemagne
ISBN : 9782322210787
Dépôt légal : avril 2020